當心中的堅持
開始傷害身體

它便成了執着

壁是
什麼？

塵啊，
他存在於空氣間，
你只要隨意伸出手便能觸碰它
請相信他們的存在，
就像現在 ——
無數眼看不見的塵埃正躺在你的手上。

自你出世到這星球前，他已經飄遊在大地，
他代表時間、他組成重量、他反映顏色、
他形成星球、他無處不在；

他明白你的一切。

那麼，就在現在，請感受指尖間的感覺，
塵正在抓住你的手呢！

他為著要了解你而細心聆聽着。

為何永遠放不下？

人生包袱整理法

「把煩人的包袱收納好吧！」

陳麈 著
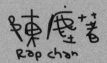
Rap chan

目錄

緩緩地推開人生大門......

我們進來時都是同一個模樣，
兩手空空，什麼也沒有帶來。

塵睜開雙眼遙望四周，
發現眼前只得一片空白。

沒有路牌，也沒有說明，
誰也不知道該往哪裡去。

所以塵隨意地逛，
隨風飄起，任意亂蕩。

雖然自由自在，

但總覺生命輕飄飄的，
沒有重量。

無所事事，不知意義何在。

人生，到底是怎樣一回事呢？

在這個飄蕩的過程中，
塵逐漸成長。

他的意識一天比一天清晰，
每天都明白這個世界多一點。

就在這時，
塵看到世上第一道令他留戀的風景。

那是什麼？

是一位叫他迷戀的偶像？

是一項閃閃生輝的成就？

是一份磊落的做人態度？

是長遍綠草的花園？

是充滿愛的夢想之家？

是意味深長的一句話？

還是是宇宙間的真理？

塵，當時年紀太小，尚未真正明瞭；
現在日子久遠了，記憶模糊難以想起。

但那時的塵，
決意把這份感覺揹到背上。

塵的心有了牽掛，
他頓覺生命有了重量。

人生意義的答案，在他的內心萌芽。

塵腳踏實地了下來，

塵開始依自己的喜好摸索人生，

塵開始為自己制訂方向，

塵開始向前踏步。

他想看得更多，

得到更多。

路上，塵經歷很多。

他賺取了經驗；
他掌握了技巧；
他確定了目標；
他擁有了夢想。

塵……
開始有想做的事；
有想到的地方；
會想超越什麼；
亦想成就什麼。

塵遇見了所愛的，
塵碰見了同行的。
塵想保護一些人，
塵愛上了某個人。

塵把視為珍貴的、
不可被取代及侵犯的東西
統統都揹到身上。

這些被他一直揹着的神奇東西，

叫包袱。

包袱很重，
有人覺得它會延緩前進的步伐，
亦有人單純覺得它是種負擔。

但包袱裝着的可是支持旅客走下去的動力啊！

每件包袱都彷彿要讓塵知道，
他降臨到世上的意義。

塵沿途努力地走，
邊拿起他一直走來收集的珍品，
慢慢地，包袱愈揹愈多了，
有點太重。

但塵知道，
這些都是他的寶物呢，
任其一樣都不願失去。

塵堅持，因為他知道......
是包袱給予他生命的重量。

只是塵開始感到……
有點吃力。

塵發覺自己愈走愈慢……

塵發覺被包袱壓得抬不起頭來，
看不到方向……

包袱帶給塵的傷害，
使他開始受傷……

塵的包袱，
塵的堅持，
慢慢變成了他的執着。

我不會放下！

　　　　　　為什麼要我放下？

　　那些都是我的東西！

　　　　　那些都是我的東西啊！

　　　放下會痛，

　　　　　　會遺憾，

　會失落，會失去一直以來的安全感！

　　　　包袱內裝着的，都是我活着的意義啊！

　　塵心想。

然而，
塵雙腳開始乏力，
腹背開始出血，
塵快要被包袱壓扁了！
他知道自己再走不下去。

「該放下些什麼嗎？」

塵意識到出問題了，

但因為不捨；
因為害怕；
因為種種情感；
他沒法放下。

突然，一把哽咽的聲音響起：
「我要放下你了。」

舉頭看四周，
原來塵亦身處別人的包袱之中。

你揹着別人的同時，
別人又何嘗不是揹着你？

你可以選擇放下什麼，
別人當然也可以啊！

塵一下子被丟在地上，

塵粉碎了，

塵很痛，

塵一塌糊塗。

塵長久以來揹起的東西
就這樣被丟散了。

他的包袱散落一地。

塵回想，
包袱散落一地的經驗他曾有過。

那次攀不上事業的高山；
那次過強的自尊；
那次太任性的慾念；
那次放肆的嚎哭；
那次想回頭彌補的遺憾；

塵也因揹着過重的包袱而失去平衡，
跌個四腳朝天，
一敗塗地。

只是，那幾次沒有這一次那樣痛。

要怎樣處理
才不會再嚐到這種痛呢？
塵不知道。

但反正……
包袱散落一地，
不如就趁這個機會好好整理一下吧？

在塵重新站起的一瞬間，
其實已代表他步往開悟的道路了。

塵細心檢視散落在地上的包袱，
並開始把包袱逐件打開細閱。

塵知道自己要思考，要學習，
該放下什麼，
該握緊什麼。

握着這本書的你也許亦正經歷着
「包袱」這命題的迷惘。

那麼就讓我們和塵
一起檢查每個包袱，
研習收拾的方法吧！

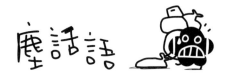

塵話語

「為何永遠放不低？」
那是因為生存確是需要背負一些包袱，這是最直接令我們感覺活着的方法。

回想當時尚未有什麼給你背負的時候，我們的存在是為了什麼呢？
吃和睡？還是玩樂？人類這種生物天生難以忍受完全沒有牽掛的生活，
因為「活着是為了什麼呢？」這課題會不時纏繞我們。

從認真思考這問題的一刻，我們便會順着天性去尋求某些事物給我們背負。

先說明白一點......什麼是包袱呢？
學生，也許是學業成績、方向的選取或家人的期望；
父母，也許是兒女的成長責任，或是家庭經濟的壓力；
職場，也許是追求更高職位、業務拓展的方向，還有跟同業的競爭；
專業人士，也許是專業範疇上的堅持，和追趕日新月異的知識；
運動員，也許是個人成就及長期與別人競爭的心......

當你閉上眼，想想自己正背負的，每個你都感覺到它的重量。

揹上包袱的我們，雖然步伐難免沉重，但每次回首，
路上的腳印會證實我們的用心。
持續堅持，你捱過的每一份重量都會轉化成更強壯的你。
這都是值得我們為自己驕傲的！

可是你亦要注意，你是消耗身體的氣力去背負這些重量啊。
過多的包袱就有如千斤重負，確確實實會對你做成傷害的……
即使眼前的包袱仿如一張紙張，當你只扛上它一分鐘時，感覺輕如羽毛；
但當你扛上一天，則重如巨石。

包袱，從來難以計算它將來給予你多大的壓力，
我們惟有不時觀察，當發現包袱開始傷害自己時，
我們就要思考如何處理它。

人不是無感情的死物，而揹上的包袱每件都珍貴非常，
我們不可能輕易放下的，所以我們更要學習安置包袱的法門！

讓塵為我們演繹各樣包袱的故事，
為我們提供新穎又有趣的包袱收納方法吧！

祝願每個人都能夠解除不必要的束縛，重新輕裝上路。

陳塵
Jul 2021

放下包袱？

塵簡單翻看了包袱一遍，
發現他什麼也不想放下……可以怎辦呢？

恰巧，塵看到了路旁出現三個人，
他們各自都正揹着平常人通常會揹起的包袱。

看到他們都因為包袱而面有難色，
所以塵上前慰問。

正背負着「感情」的那位說，當初背負是基於愛意和快樂，
及一份可以令他安心的關係，所以把這份情感包裹上路。

「誰知道愈背負得久，
包袱內發出的異味便愈濃。」

塵替他打開包袱一看究竟，
發覺內裡的東西已經早已腐爛了！

背負着「家庭」的那位說，「家」給他的心一個依歸，為他補充能量，
所以他要盡力報答「家」給他的愛。

「但不知為何包裹會愈來愈重，
重量差點把我壓扁了。」

就在這時，他的包裹爆開了，
內裡盡是一大堆責任，包括家人的期望、理想和人生。

背負着「事業」的那位說，事業能令他擁有金錢、名譽、地位
及無限的滿足感！

「但我不記得原本
包裹內藏着什麼了！」

塵一打開，發現內裡原來養了一隻貪慾的怪獸，
把那些本應飄落四處，象徵夢想的蒲公英都給吃光了！

塵發覺，原來大家都不清楚
自己正在背負些什麼！

若果發現包袱內的物件已跟當初放入時面目全非，
你還會繼續背負嗎？

誰知，三個人都異口同聲說：

「會！當然會繼續背負！」

塵百思不得其解。

大家都向塵說出了不放下的原因：

塵明白了！包袱的內容只是表象。
放不下的，原來都是精神層面上的東西：

放不下的真相是：

感情 ⟶ 放不下親手栽種的「果」；

家庭 ⟶ 放不下在意的「他人」；

事業 ⟶ 放不下被滿足的「慾望」。

再次回到塵的包袱堆中，塵看到了不一樣的東西：

原來，在每個不能放下的包袱背後，
都存在着這些精神層面上的東西！

了解之後，就能把所有包袱統統放下嗎？

不......放下所有，
達至「空」的境界，
不就要成為神明才能做到嗎？
我們是人，這是超現實的問題啊！
我們可以怎樣做呢？

「為何永遠放不低？」
塵問包袱。

「一定要放下嗎？」
包袱反問塵。

塵，就在怎樣也想不通的時候，心靈跟包袱接通了！
塵繼而閉上耳目，專心聆地聽包袱的聲音......

原來靜下來，心聲是如此清晰。

「恐懼」說：「你可以馴服我。」

「他人」說：「我也許可以背負自己。」

「果實」說：「要懂得怎對待好果與壞果。」

「對錯」說：「世界不只有矛盾。」

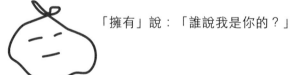

「擁有」說：「誰說我是你的？」

「過去」說：「時間早就過去了。」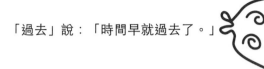

 「貪慾」說：「也許你不應帶我上路！」

「情感」說：「排出不就ok了嗎？」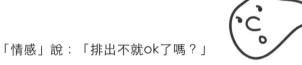

「自己」說：「保持謙遜，我自能變輕。」

原來，包袱，不只有放下的方法
勉強放下，難道又不是另一種執着？

聽着聽着，
塵決意深入跟每個包袱傾談……
一看它們的究竟。

接下來，塵會為我們打開九個包袱，包括：
「恐懼」、「他人」、「果實」、「對錯」、「貪慾」、
「擁有」、「過去」、「情感」和「自己」。

在我們查看塵包袱的同時，
你也嘗試找出與你經歷相似的地方吧！
畢竟每個人正承受的都不一樣嘛，
要撫平內心的哀愁，必須有你來參與，
而這樣也能順便為你的心來一個大掃除！

一起以坦承的心面對內心的包袱吧！

我們放不下的
包袱#1
恐懼

生活處處都彌漫着一片恐懼，
對人、或對事，亦然。
是害怕失敗？抑或失望？還是害怕被傷害？
不知道。

但負面壓力總是壓在背上，叫人難以喘息。
即使鼓起了勇氣，仍是會被恐懼一下子吹散……

恐懼是……

眼前的路令你產生
種種不安感……

不安感在你身上長成刺……

不理會它，針會愈長愈多。
你每一下晃動都會牽動針，
你痛，自然不敢亂動。

不安感原本會隨着路愈變清晰而消失，照理不會再痛。
但你卻依然無法再前進一步。

只因身上的不安已變成了恐懼，籠罩着你的五感。

離不開的恐懼

恐懼會籠罩着你，
隔絕你和世界的聯繫。

一旦習慣活在恐懼中，即使之後有機會逃離⋯⋯

你反而會因為過於自由而缺乏安全感。

所以原本已離開的你，
會惘然回到恐懼的懷抱中。

你的恐懼反倒是最令你安心的安全網。

恐懼是善是惡？

我們印象中的恐懼都只是會傷害我們的。

可是，它亦有保護我們的時候……

恐懼會叫你小心翼翼，
叫你不致站在危牆之下。

在你不知不覺間，恐懼其實保護你免受了不少災難。
換個角度來說，恐懼也不是完全沒有好處呢。

恐懼的密度

有人很集中看恐懼，
覺得它的質量緊密得如尖銳的鋼鐵，
牽掛着，總叫人感到疼痛。

有人則會把恐懼看輕一點，
視它為磨練意志力的好工具。

也有人把恐懼看成彌漫
在身上的一層輕煙，把它視為
生命必然的東西，與其共存。

愈集中看恐懼，恐懼的密度就變愈高，
而你感受到的苦痛也會愈大。

恐懼的風貌

背負着恐懼去找尋美景，
它必然會作弄你使你看不見事物的真象。

它常常會把黑暗籠罩在你周遭，使你以為身邊什麼也沒有。
即使身處最美麗的境地，也只得一片荒蕪。

所以之後的旅程明明會經歷美好，
但因為你怕被恐懼作弄，就沒有再往前走了。

恐懼從何來？

回想，不安的感覺是從哪裡來的？

是前人向你說的故事？　　　　　　還是自己一路走來的經驗？

但最有可能的來源是，你自己腦內的胡思亂想……

對抗恐懼？

把自己操練得愈強愈壯，就夠打敗恐懼吧？

變聰明一點就可以逃離吧？

有同伴是否就可以趕走它呢？

事實上，就算學再多方法，準備再充足也好，
若你的心仍是膽小如鼠，
面對恐懼，你必然都會是同一個模樣。

馴服恐懼

恐懼其實是一隻頑皮的小鬼……
它總是會告知你最差的情況。

但回想，過去的路你不是就這樣撐了過來嗎？

其實你在最壞的情況下也能生存下來的！

這樣的話，就展現給你的恐懼看你有多強吧！
讓它知道你在最壞情況下也能表現出游刃有餘的姿態。

恐懼見到這樣的你後便會被馴服下來！

當你馴服了恐懼，是很有好處的……

它會在路上提醒你危險；

身處黑暗中，它亦會提醒你的強大。

路上，當你馴服一個又一個恐懼，
你會發現恐懼是好助手，
就連一般的不安感也會給趕走！

馴服了恐懼後，包袱減輕了，發現原來偶然而來的恐懼感也頗刺激呢！

延伸閱讀

整理包袱的好處

我們的身上常揹著大包小包的包袱，有多少是必需要背負的？
請記得你只有兩手兩腳啊！

若你揹起太多，即使你再見到其他美好的事物，
你身上已沒有空間可安放它了。

整理包袱的目的是把不必要的東西除去，
騰出空間來迎接未來的美好事物。

為何我們都懶於整理？

人會留戀，也有惰性，會渴望長期處身於熟悉的環境和事物當中。
例如當你已習慣揹起一塊巨石，它雖重，但被擠壓着的感覺是你熟悉的感覺。

所以你反而會對處理它後的陌生感覺感到恐懼 ——即使你的腰已被壓得彎曲了。

或許要待到它使你受傷，令你感到強烈痛楚，
你才會認真思考：「是否應該放下它？」

但通常這個時候，這包袱已傷得你很深，即使事後狠下心來處理它，
你亦要花好一段時間處理受傷的地方。

我們放不下的
包袱#2
他人

翻看包袱，驚覺怎麼內裡裝着這麼多人？
有父母、有情人、有朋友、有子女，
也有些不太熟絡但一起同行的人。
別人的世界不是不應由我來背負嗎？

為什麼我在不自覺間扛起了這麼多人？

保護他人的迷思

看到路上走得比較慢的人，我們總不期然想幫助他。

或許是潛意識令我們深信
這是保護他的方法……

你期待在你的保護下那個人
能走快一點、走遠一些。

但被你背負着的人卻不能
以自己雙腳走路，
使他無法從經歷中鍛煉自己。

你揹起他，本想讓他省力，
卻因此為他製造更多壓力。

他人的路還是自己的路？

走到徬徨時，你問路。

你遇上一位肯為你引路的人。

你揹起別人，依着他指示的方向走，
沿路都是好風光。

慢慢地，你發現你走的路全都只是他的指引。

你想去的地方你根本去不到⋯⋯

使用你的腳力，
走出了一條不是自己想走的路，
即使沿途風光明媚，但你快樂嗎？

背負的意義

受你的呵護，
你一直背負着的軟弱小子長大了！

從牙牙學語開始，
你一路帶領他經歷不同美好風光。

但此刻的他已長大了，他想走自己的路。
放下他，如釋重負。

你曾經的背負，必然有價值。
但此刻的你為何會傷心呢？

背負他人的人，最終總要面對一個命題是：
「放下後，那空虛的肩膊和失重感，該如何處理？」

他人的期望

你本是能任意飛翔的小鳥。

但你擔起了他的期望⋯⋯　　又不肯拒絕她的期望⋯⋯　　還有旁人硬加的期望⋯⋯

背負太多，你再也飛不動了。

與他人的比較

走在路邊看別人，
總是覺得他們走得比較順。

我們開始把自己的情況比對別人，
構想他們的路途……

想像別人的生活
是如何的好……

在偷看和構想別人生活的同時，
別人在繼續走，但你卻因此沒有再走過一步。

對別人的希望

我們願意背負別人，
其中一個原因是認為被背負是快樂的。

所以我們內心深處也會有一個
被人背負的希望。

但他人真的會依你意願，
用你渴望的方式對待你嗎？

你想依賴別人的心，一下子變得殘忍。
你丟出的那個希望，反之變成了你的情緒負擔。

最難過的是……

最難過的事，
不是你正背負著的她有多重。

因為帶她出走，讓她遠離災難、享受旅程的快樂，
這都是你心悅誠服的。

最難過的，是你正背負著的人，
根本不知道你正背負著她。

給他人的時間

與剛失戀的她談了
一夜通宵電話；

又陪伴為工作感到
氣餒的他靜靜看海；

為着撫慰別人的愁緒，
你付出過很多時間⋯⋯

但你又有否花時間
面對自己的內心？

疼惜他人

懂得疼惜別人的人……

不見得也懂得疼惜自己。

他人的位置在哪？

人生路，向來都沒有清晰路標，
我們必須靠着他人的建議和指引去尋找道路。

但我們不需要
背負任何人，走出他們的期望。

我們應該同行，
互相扶持解決問題。

每人都樂於靠自己的雙腳感受路上的每一步。

任誰都不會想成為別人的包袱。

只是偶而軟弱時，
需要有別人前來幫忙扶助一下。

我們和別人，
誰也不需背負誰；

但誰的身邊也有着誰。

「『背負別人』的包袱」其實不存在，
別人的存在，應是共同分擔各自的包袱。
當然大前提是「你願意和我分享嗎？」

當看到別人身上的包袱。
為他好,該強迫他放下嗎?

「當包袱傷害自己,便是放下的時候吧?」大部份人也這樣想。

眼前的他正緊握着一片釘滿廢釘的浮木,
雙手佈滿鮮血,我們應上前強迫他放下嗎?

在我們伸手提供協助前,請先了解他身處的狀況⋯⋯

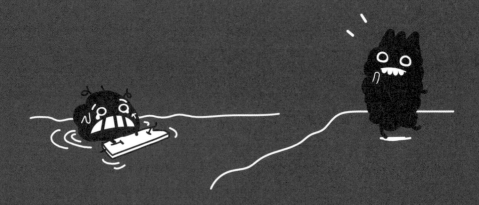

正經歷困境的人神情是顯而易見的，
情景就有如墜入泥沼的人，
即使痛苦掙扎但還是走不出來，
所以勉強抓住某些東西賴以求生是他唯一可自救的方法——
那怕是一塊會傷害他的浮木。

你看到他被割破了皮膚，但他放下便會失去救助；

放不下的時候，就讓他拿着吧。
情況危險，待他脫離了困局，再幫他處理也不遲。

我們有時會遇到相似的情況，
例如當我們事業陷入低潮時，我們內心很可能會產生「不甘」。

很多人都知道不甘的感覺很容易傷害自己，
但不甘在危機時，可是帶你離開困局的助力呢。

「為什為我要被困在此景地？」「我絕不能被宰在這裡！」
你會因為不甘而不斷反思、學習、並催迫自己進步。
情況不就正如困在泥沼的你，抱著一塊會傷害你的浮木踏水向前一樣嗎？

最後當你游出了泥沼，即使全身傷痕，但你在當下自救了。

當然，那塊浮木救你的同時亦傷你不淺，事後你很自然會丟掉那塊浮木。
意即不甘心的感覺，也會隨着你成功後自動消除。

做什麼，應得什麼，是宇宙永恆間不變的定律。
我們在這時空的每個動作都會化成種子，
然後因而種出某種果實。

果，有甜蜜多汁的，亦有乾枯又苦澀的。
既然生命上每一個果都是由我們所栽種，
我們該如何處置及對待每一個果呢？

因與果

你種因，

必然會有果。

果，不單指實在的果，
不結果也是一種果。

結果或是不結果也好，
我們也只能努力於因。

因為果，最後是什麼形態，種因時，永遠不知。
由因到果這個過程，當中還有其他外在因素，統稱叫緣。

因的際會

你用相同的方法去種因，

得出來的果也不盡相同。

為什麼呢？

因為你手上的因，未必是最初形態的因。

你的存在，你的灌溉，
可能只是這個因果過程中的其中一個緣。

你再執着，也不能完全改變結果。

處理壞果

若然這次種成的果不合心意時，
不用過度失望，因這個果會成為日後的因。

你種出這個果後，
你會學懂改善栽種技巧的方法。

所以不用過度執着壞的果，
請丟掉它吧。

把它視作肥沃你田地的因。

果的動力

種出一個飽滿多汁的果
真叫人興奮呢!

優質的成果使我們
更有勇氣和力氣出走探索更多!

也更有信心撒播更多的種子!

果,是人生路上的養分,
若然不斷有優質的果收成,
我們便更有動力去發掘更多。

所以,先種一個自己滿意的果吧!

果的負擔

果，每一顆我們都用心栽種。

由於對它們有愛、有感情，
所以任何果你都想帶它上路。

你把它們統統都放到行李內，
不願丟棄。

果，應該是支持你行路的動力啊。
但那些腐爛了的，不能吃的果，
永不能成為你路上的食糧，
它只會變成負擔。

果的鑑賞力

有些果會長成
「一看便知好味道」的樣子！

有些則不能從外表看清它的真正形態，

它看起來就像廢物一樣。

這些果，現時的你未必有足夠歷練認清真象，
或許當你經歷更多後，你會因緣學懂打開它的技巧……

那時你便會發現，這個果原來是寶！

因的研究

你看見別人種出來的果很肥美飽滿，所以你拿來研究。

你把果肉拆開，
看見種子；

你把種子拆開，
裡面卻什麼也沒有。

你未學懂方法揭示因，
即使擁有和別人相同的種子，
你也沒法清楚種植的玄機。

因果的處理方法

我們曾種下不同種類的果，當中有好的也有壞的。

你不需把每個都帶上路。

我們只要記住好的果是如何種，
壞的則不要花時間去背負它。

欣賞好果，感恩有壞果。

好的果，作為路上的食糧，
成為你走下去的動力。

壞的果，隨它自然化成你田中的養分。

這樣子對待各種果，便是最好的因，
之後的，就隨緣分給我們看成果吧！

我們都是農夫，用心守在自己的田中耕作
有些人的田比較肥沃，有些比較貧瘠。

無論你擁有的是什麼田都不打緊，
因為「因與果」相互關係大抵上都是一樣的。
保持耐性，總會迎來豐盛的收成！

延伸閱讀

比較包袱

在路上看到沒有任何包袱、步履輕鬆的人真令人羨慕呢！
尤其是當你正揹著一堆沉重包袱的時候，

但其實常人經歷「拿起和放下」的過程大抵相似，
只是大家正處於不同階段而已：

- 什麼也未拿起過的人，他會出發尋找；
- 正在背負的人，有的正享受著包袱給予他的意義，
  有的則在思考應否放下這件重物；
- 已經放下了的，會時而思念，時而輕鬆，但之後又會因空虛而再次上路
- 受拿起和放下的輪迴煎熬的，則會小心翼翼選擇未來要扛起的東西。

每人醒悟的時候不盡相同，
有些人本性就比較容易拿起和放下，
有的人要花一生時間去學習。

我們各自處身不同時區，每人的時間都是屬於自己的。
所以不必要特別注視旁人。

我們反之要做的是：「背上的包袱令我感覺如何呢？」

它過重嗎？你感覺痛嗎？你憂慮就這樣一輩子嗎？
你應該繼續背負？ 還是應該放下呢？

這些都是惟有你才能解答的問題啊！

我們放不下的

包袱#4

對錯

很多人以為「對」的對立面是「錯」，其實不然。
「對」的對立面應該是「非對」。即是在「對」的範圍以外，
存在着很大的「不是對」空間，那裡有很多可能性。

但每每我們會執着於「對」，而且這程度的「對」大都是
建基於自身主觀經驗，所以當我們為事情評論對或錯時，
每每都扼殺了在「非對空間」的一切可能性......

眼見的對錯

每人都用自己的眼看世界。

世間一切仲裁，自然會以眼見為證。

所以我們會以「我」的觀感去決定事情的好和壞。

若有個壞人，他本身有好的特質，
即代表他非純粹壞，
那他是好是壞？

同樣地，
好人也沒可能純粹只有好，
好和壞的分界又是誰訂立？

若我們守在二元對立的死胡同，
這又是否另一種執着？

對的路線

很多依循前人指引到達目的地的人，
當看見有人從非正式的路線走過來時⋯⋯

會對這位旅者提出質疑。

難道這世上只得一條
「對的路線」嗎？

對錯的壓力

你在收拾行李準備上路，
但你對未來的旅程充滿疑惑。

你不停猜度自己，
走出去是對嗎？這條路是對嗎？

他的意見是對嗎？
我的想法沒錯吧？

「我錯了，我這樣做是不對的……」
「錯了怎麼辦？有人能告訴我絕對的對錯嗎？」

拾着拾着，你拾了一大堆對與錯的迷思上身，
這些東西，已撲滅掉你的前進熱情。

對與錯之牆

慣於裁決對和錯的人……

內心會有一把量度對和錯的尺。

這把尺，也是與外界切斷溝通的一面牆。

絆腳石

總認為自己是對的人，
會被很多很多「對」，蒙蔽眼睛。

小小一個錯，或已能把他絆個四腳朝天。

太執着於犯過的錯，
又令他難以再次站起。

對錯的共存

對立雙方看待同一件事物時，
外在的因素已足夠影響我們判別對錯的準繩。

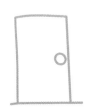

「門在背後啊。」
「不，門在前方。」

兩人都對，不是嗎？

當我們常困在
「自己沒有錯，明明我是對」的迷思中，
負面的情緒又會扛在身上成為重擔了⋯⋯

「門在我的左方啊⋯⋯」作者說。

對，糾纏於對錯的問題之間確實是有點可笑！

放下對錯，意即我們不要再單純站於
對和錯的對立面，嘗試容許自己或他人處身
在對及錯的空間內，畢竟世間的美事，
從來都是由無限的對和無限的錯交錯而成，
例如麵包、薯片⋯⋯（哈）

閉上眼，毅然丟下
不就是最簡單的放下方法嗎？

身處這個時空，時間只會往前進，意即決定了的事沒辦法回頭改變。
決定放下與否，亦然。

再捨得的人，都難免會在抉擇時忐忑不安，
因放下後會有內心撕裂的感覺，善後工作也會大傷元氣。
為避免事後感到後悔，所以我們不能隨意丟下包袱一走了之，
我們要更小心翼翼處理即將要放下來的包袱。

當初，因着多少因緣我們才能相會？
今天決心剪斷緣分線，來日又不知要儲多少因才有緣再見了。

謹慎地做一個讓自己永不後悔的決定吧

我們放不下的

貪嗔 #5

貪慾

貪慾是宇宙間最大的洞，
即使吞噬大地仍可以沒有絲毫被填滿。
所以不斷追求物質來滿足貪慾是壞主意。
我們要靠意志去控制其質量，
也要學習用知足去安撫這個難纏的小鬼。

沉重的數字

手上的存摺簿只有一堆數字。

但這本簿的重量，卻重得要緊……

它等於人的素養；

等於在世界的地位；

等於整個人生的價值……

但到頭來，其實它單純只是一堆數字……

快樂的容量

明明人需要吃的
只有雙手攤開那麼多。

但多一點,當然更快樂!

愈多,確實會愈興奮!

愈多、再多、更多就能使自己倍增快樂吧⋯⋯

被安慰的慾望

「受了傷，得到別人安慰真的很快樂！」

「人人都來安慰我，真好！」

「他看到受傷的我，必會衝過來安慰我吧？」

「他竟然放下一句：『你這樣我便安心了！』便離開了，
這個人真壞！」

明明

明明我也能登上這座高峰！

明明我也值得更多愛！

「明明」這話的意思是
「你認為自己必然要得到」。

「明明」，可推動你的成功，
但同時也可摧毀你的平常心。

化石

不肯捨棄已成化石的舊事物……

又何嘗不是另一種貪慾？

知足不知足

塵坐在椅子上，感覺安然自在。

可是當他看見別人安躺在更舒服的沙發上後......

他屁股下的椅子，就突然變得不舒服了。

追求和貪

這叫追求；

這叫貪。

有限的行李箱永不能收納到無盡的
貪慾，看來放下貪慾，不帶它上路
是唯一的方法了……

延伸閱讀

你和你的包袱相襯嗎?

包袱和背包客也有「合襯度」的考量,同樣的包袱
交給兩個性格截然不同的人,各自都會感受到不同體積和重量。

例如以家庭為重的人,
會認為家庭負擔能給他幸福感;
相反本質不愛受家庭束縛的人,
會覺得家庭包袱只令他步步為艱。

所以重點不是包袱的類型，
重點是該包袱令你有什麼感覺？

最後你會發現，跟其他人比較是沒有意思的，
自己身體的感受只有你自己明白。

我們放不下的

包袱#6

擁有

人皆渴望擁有，因為我們可從擁有的東西中
找到自己的價值，無論是有形的物質，或者無形的愛。

擁有一件物件，某程度必然會被它佔去個人空間。
所以邏輯上，你擁有愈多，便會失去愈多自己。
我們常常執着於我們自身以外的東西，
卻忽略了我們原本擁有100%操控權的——自己。

物質與物質

世上所有的物質都不屬你所有。

所有都是暫時交給你保管。　　最後它必會回到它所屬之處。

我們只能在短暫的相處時光
留下記憶。

擁有不擁有

即使時間不容許彼此永遠擁有對方,
但在生命歷程中能夠互相親近,已夠幸福吧?

就算距離和時間使個體之間未能親身接觸,
以愛相伴也是另一種親近。

能夠感受到這種確切的愛,
這趟旅程還說得上是不美滿嗎?

擁有的時間性

我們用盡方法去擁有。

但日子一過......

我們又用盡方法放下。

想想，當初不去擁有，是否才能造就永恆？

擁有的權利

刻上名字，它便屬於我嗎？
「不」。

人，會離開。

物件，會變舊……

甚至消失。

惟有自己，才是真正屬於自己。

保護罩

擁有的東西像穿在身上的盔甲，
能保護你脆弱的心免受傷害！

事實真的保護到嗎？
蓋在身上的東西，
充其量只能保護你的外皮……

再堅硬的盔甲也是外物，
始終和你身體有隔膜，
所以它不能完全保護你內心的。

那麼，真正能保護自己的是誰呢？
把手輕輕蓋在心，你便能輕易知道。

真正的擁有

為對方留下內心的位置，
是基於彼此之間有情。

當她的情耗盡，
她便會從你的心離開。

使你的心出現缺口……

她不再在你身邊......
那麼，這空空的位置該如何填補？

你也許忘記了，你擁有自己。

你可以做的，也是很輕易就可以做到的——
是走到缺口的位置愛自己，來填補這次失去。

你完全擁有自己，你亦有身體的絕對控制權，所以，看來把自己琢磨成耀目晶光寶石這回事......指日可待呢！

怎樣的包袱我們要多注意?

當人拘泥在某件包袱上,
不能把感情釋懷以致自身受到傷害時,
這種狀態,我們統稱它為「執着」,
執着是傷害人最厲害的武器,但它是以什麼形態影響你呢?

它會驅使你親手用泥鏟向地底無意識地掘,
你似是很努力想要找到什麼,但你沒法找到什麼......

可怕嗎?

這種沒結果的念頭會使你迷失，並被困於陽光照射不到的黑洞中，
在那裡你難以找到回頭的路，所以你只有繼續掘，祈求上天給你掘到出路。

當你的手流血了，體力不繼時，你便會停留在一個黑暗的境地中。

每個人的體內都藏着一個水塘，
情感儲滿時便會決堤、氾濫。

適時排洪是處理情感的好方法，但我們總是
難以放下過大的自尊、難以接受軟弱的自己，
以致情感的包袱日漸變重……

淚水明白流淚者

想哭，但找不到空間……

找不到合適的人……

找不到決堤的理由……

明白的，明白的……

所有眼淚都明白你的感受。

內分泌

眼淚可以是一種內分泌，

傷心至極限時若果不排出，
便積存在心。

整個人都像掉到水中一樣，
既冷又潮濕。

若然給他一些刺激……

能夠助他流出眼淚，或許是件美事呢！

遺憾的遺憾

她留過的淚在你心中
侵蝕了一個洞。

你內心的痛楚全因為
她流過這一滴淚。

她遺憾的因由
全是你。

所以你遺憾,
你掉下了眼淚。

情感的海洋

有些人不明白自己為何難以落淚，
即使悲傷的神情顯而易見。

當淚水多得像一片汪洋，
在其中生活的人也是淚水的一部分啊。

含着淚水中排出淚水，
淚水自然源源不絕……

或許要先離開淚水的海洋，
我們才能離開悲傷。

傷感的處理方法

淚，不一定從眼睛流出來。

我們可以把眼淚化成做汗水。

也可以把眼淚轉化做口水。

轉個方法將眼淚排出，
身心舒泰！

明明我們出生第一件會做的事就是哭，
想不到成長後的我們又要重新學習……

延伸閱讀

怎樣才能知道自己正揹着多少包袱?

要看清每件揹在你身上的包袱,
不用筆也不用紙,只需閉上眼跟心靈溝通。

靜下來時,心聲會特別響亮,
這時你便能確切地感覺到自己正揹着的是什麼。

感受它們的重量,在心中把它們一件一件列舉出來吧,
很快你便可以完成你的「包袱清單」。

查看這張清單時，
有時你會驚覺某些事的壓力原來重得超乎你想像，
那是一份遺憾或是一份恐懼也好，你就是從來沒有發現它，
它一直被日常的雜念所掩蓋著。

每個人內心都有一個掩藏了的包袱，
惟有你才能將其發掘及打開！

我們放不下的
包袱#8
過去

時間在流動，新塵會不斷覆蓋在舊塵上，
所以眼前的事情不久又會變成一個新形態，
你感到新鮮還是陌生呢，視乎你抱著什麼心態作註釋。

若然擁抱着昔日的事物不肯超脫，新塵便會掩蓋在你這件舊物身上，
使你沒法真正接觸現在這個時空……

停留在過去的美好，沒法走到未來，生命的軌跡驟然停頓。

時間的變化

物態變化──
意即物質從一個形態轉變成另一形態。

所以內心有時會隨時間被現實侵蝕，
展現腐敗的形態。

這段時間很難捱，
但物態變化需要時間……

日後，它也許會被
琢磨得像閃閃發亮的鑽石呢！

所以物質的最終形態會是怎樣呢，
結局誰知？

過去的指示

你背着過去的自己⋯⋯

任由過去的自己為你指引未來的路⋯⋯

然後，你又重複倒在
之前被絆跌的路口上。

年月洗刷的過去

過去的風塵令你污漬斑斑。

你因而痛哭，
你邊走邊流出淚來⋯⋯

不久之後，你發覺身上的塵被淚水沖刷掉，
換來一個嶄新的你！

記憶力

魚兒，記性很差，所以牠游得自由；

鳥兒，記性不見得比魚好，牠亦飛得自在；

人，總是記着舊日的種種細節，
使自己常被困在過去的監牢中。

掩藏了的傷口

過去的傷害今日回想起仍覺隱隱作痛，
是因為隨時間鋪上的塵掩蓋了你的傷口。

使傷口沒法呼吸新鮮空氣，

而你亦難以檢閱傷勢。

所以它一直沒有痊癒。

掃去舊塵的陰霾，重新面對傷口吧！
它便會慢慢好轉。

過去的幻覺

留守在舊地的人，
大都因為當時的快樂和美麗難以忘懷。

但得知記憶的那處地方已是荒蕪一片，
腦海的美好全都是被舊記憶作弄時⋯⋯

你又會否離開此地？

舊記憶

過去心碎的痛楚記憶猶新。

所以當再次遇見什麼美麗的東西想進入我的生命⋯⋯

因為害怕，所以我選擇逃避。

處理舊記憶

記性好真的好可憐啊……

總是要背負過去……

看見別人能夠輕鬆忘記，真好。

一籃子的舊記憶該怎樣整理？

嘗試把記憶統統寫進紀念冊吧，
你可順道回顧。

嘗試把它們收藏在腦海中角落的抽屜吧，
你可隨時回來翻閱。

舊記憶是永恆的存在，
因為它是已發生的事實。
但要覆蓋舊記憶，令它不記得那麼清晰的話，
還是有方法的……

就是儘快重新上路，製造更多新記憶！

你是世上最疼自己的人，所以你會不斷滿足內心的要求，
無論是有理的需要，還是無理的慾求，你都會設法滿足。

但世間的一切可不是你個人可控制，我們也有盡力過後
事與願違的時候。當滿足不到包袱上無數個自己時，
這件包袱又該如何處理呢？

自我個性

我是獨特的，我要表現出自我個性！

我要穿上最華麗的衣服！

我要每次出場都鶴立雞群！

獨特的個性會從身體自然流露，
穿再多的衣裳，化上更好的妝容，
到頭來只會被這些外物壓得喘不過氣來。

世界的流動

我們身處世界之中⋯⋯

世事無常,時刻在流轉。

我們沒可能永遠安定。

何苦奢求獨善其身?

不跟隨世界而轉又是另一種執着,
世界雖會悄悄移動你的位置,但其實難以移動你的本心。

自我感覺不好

當你正吃力地拿著重擔上路時，

你看到身旁的他的負擔比你多，
卻比你走得輕盈。

你心中不禁產生對比，
開始討厭自己的軟弱。

這種無形的比較，
令你扛上了滿載沉重壓力的自己。

你和世界

世界有很多問題吧？
你想以一人之力改變世界嗎？

世界是你，你也是世界。

不用白花氣力去試圖改變全球人，
你便是世界，所以只需改變自己……

你發出的能量自然便能改變世界。

千千萬萬個你

當我們想成就些什麼時……

腦海便會突然衝出
千千萬萬個念頭！

最理想的情況，當然是把每個都實現，
但你知道要達成這願望是超現實……

若然不肯放下，就得靠你個人之力去消滅這些念頭了，
還有誰能夠幫你？

認識自己

每人的肢體沒有大不同，
所以我們會利用外在的物質去塑造自己形象。

例如以裝扮、談吐及修養去表現自己是個什麼人，
他人便能夠以表象去了解你。

但外在的東西覆蓋了你的心，
所以沒有其他人能接觸真正的你。

最明白自己的，依然是最貼近自己內心的人
——即是你。

沒了自己

塵在照鏡。

他照不出自己的模樣。

他帶着疑惑及惶恐走出來……

高呼，我自由了！

靜下心來與自己對話，
你會發覺原來常在身邊的自己是如此
的陌生。無論他性格堅強還是軟弱，
也請你接受真實的這個他。

分辨包袱的類型：
應選擇值得揹着的特徵

☐ 會令自己變得強大的；
☐ 讓你認清方向的；
☐ 給予你快樂的；
☐ 壓力是可承受的；
☐ 能承載你的情感。

分辨包袱的類型：
應選擇可放下的特徵

- ☐ 會令你失去自信的；
- ☐ 讓你被困在迷失之中的；
- ☐ 持續帶給你傷害的；
- ☐ 快把你壓扁的；
- ☐ 漠視你情感的。

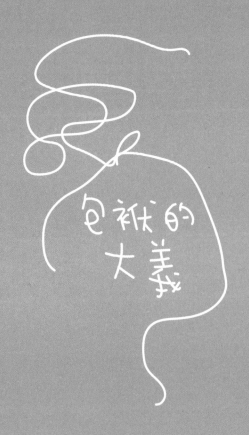

不以包袱多少去量度自己擁有多少。

不任由別人把不屬於你的包袱放到你身上。

不質疑別人正背負的重量。

我有包袱，
所以哪裡都去不到！

不用包袱去做我們的防護罩。

我擁有空間

我擁有體能

我擁有無限可能

不必為一無所有而憂慮。

不需要一塵不沾，
我們拿得起亦放得下。

不用執着一時，
我們瞭望一生。

不用集中一點，我們放眼宇宙。

放下眼看的。

因为人愛看的都是美麗的表象。

要看，請閉上眼感覺。

放下耳聞的。

因為聽的盡是美好的聲音。

要聽，請聽出言語外內心的聲音。

放下鼻嗅的。

因為人只會被香味吸引。

但香與臭的東西，各自有它的存在價值。

放下舌嚐的。

好吃的未必健康。

難吃的可能是良藥。

放下觸碰的。

溫床暖枕固然舒服。

但嚴霜烈日的日子也很有益。

放下意會的。

人的感知很好騙；
好的會想得儘量好，差的會想得極端差。

放下所有意識，才能看清真象。

放下，

"放下"

收拾好包袱後，感覺輕鬆多了。

處理、收納、馴服、放下了什麼呢？老實說，塵也不太記得……

只記得要繼續邁步前走！

由於處理包袱的過程很苦......

導致重新起步的塵害怕再輕言拿起什麼。

因為不想再經歷處理之苦。

但隨着旅程愈走愈遠，
塵再次建立起「拿起的信心」，
所以背上的包袱亦漸漸被塞得滿滿的。

至於「拿起時，請先處理背上的東西」
這難題……

塵，依舊未能
完全做到。

其實怎樣都不要緊的⋯⋯

請放下「不能放下」的執着。

繼續在人生旅程中盡情享受。

不要再被包袱拖緩你的腳步。

你踏過的，會鬆軟泥土；

你放下的，會滋養土地；

你走過的，會遍佈種子；

你，就這樣走來。

愈接近旅程尾聲，
我們愈清楚這趟旅程的真相。

即使背負再多、再用力執着、再怎樣不捨也好，
原來在終點面前，生命會立刻變得純粹。

這時塵發覺，他背上的一切已不復存在，
只餘下最初陪他上路的一件包袱。

塵停下腳步，回頭看走過的路。

他才頓然領悟，拿起和放下，
原來只是旅程中為他解悶的小遊戲。

重要的，不是揹起了多少包袱走到終點；
而是旅者有否在旅程中，好好感受世界的美？

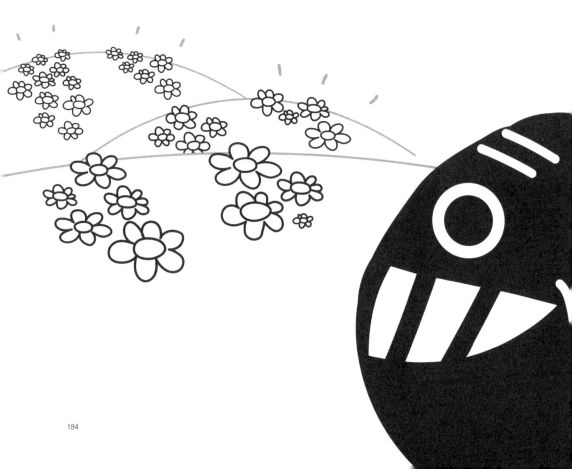

「是時候要走了！」
塵凝望着身上最後一件包袱說。

塵把它打開，它會是什麼呢？

還記得當初是什麼令我們感受到生命重量、
使我們牽掛，驅使我們勇敢闖盪陌生的人生路嗎？

這包袱，藏着塵的初心。

塵後記

閉上眼，讓腦袋靜下來，
深呼吸，帶自己回到最初的起點。
想想，第一次我們決心背負起什麼時，心情是怎樣的？
那可能比你想像來得單純——只是因為喜歡，只是因為直覺；

再想深層次一點，是因為這樣做會令你滿足嗎？
是因為心中某些空虛需要被填塞嗎？

再對自己坦承及誠實一點吧。
當中有否不甘？有否強烈的慾望？
當中是否有軟弱、有逞強？
內心有否莫名的聲音告訴自己：「我想要這樣做、我該要這樣做」？
這是否是一種信仰？這是否是一種執着？

停止思考。

你是人，怎能把每件包袱都用理性算得清，計得明白？
若然要你立即放下，這樣又何嘗不是另一種背負？

不用再想：「為何永遠放不下？」
你喜歡時、你直覺需要放下時，便會釋然放下。

就如你起步時的初心一樣。

國家圖書館出版品預行編目（CIP）資料

為何永遠放不下? / 陳塵 Rap Chan作. -- 初版.
台北市：香港商亮光文化有限公司台灣分公司 · 2025.02
面；公分 --
ISBN 978-978-626-98717-3-5 （平裝）

855   113019460

為何永遠放不下?

作者	陳塵 Rap Chan
出版	香港商亮光文化有限公司 台灣分公司
	Enlighten & Fish Ltd Taiwan Branch (HK)
主編	林慶儀
製作	亮光文創有限公司
設計	Dustykid Limited 塵有限公司
地址	台北市大安區敦化南路一段170號2樓
電話	（886）85228773
傳真	（886）85228771
電郵	info@enlightenfish.com.tw
網址	signer.com.hk
Facebook	www.facebook.com/TWenlightenfish
版權代理	Dustykid Limited 塵有限公司
電話	（852）2618 6158
電郵	info@dustykid.org
出版日期	二〇二五年二月初版
ISBN	978-626-98717-3-5
定價	NT$430 / HKD$118